Vente du Lundi 11 Mars 1901
HOTEL DROUOT, SALLE N° 8

ESTAMPES

ANCIENNES ET MODERNES

Eaux-fortes — Lithographies

PORTRAITS

Caricatures, Vues, Vignettes

DESSINS

1901

Me Maurice DELESTRE
Commissaire Priseur
5, Rue Saint-Georges, 5.

M. Paul ROBLIN
Marchand d'Estampes
65, Rue Saint-Lazare 65.

CATALOGUE
D'ESTAMPES
Anciennes et Modernes
EAUX-FORTES, LITHOGRAPHIES

PORTRAITS

Caricatures, Vues, Vignettes

ŒUVRE DE BERNARD PICART

DESSINS

Dont la vente aux Enchères publiques aura lieu

HOTEL DES COMMISSAIRES-PRISEURS, Rue Drouot, N° 9
Salle N° 8.

Le Lundi 11 Mars 1901

à deux heures précises.

Par le Ministère de Me **Maurice DELESTRE**, commissaire-priseur,
5, rue Saint-Georges, 5.

Assisté de **M. Paul ROBLIN**, marchand d'estampes
65, rue Saint Lazare, 65.

PARIS — 1901

CONDITIONS DE LA VENTE

La vente sera faite au comptant.

Les acquéreurs paieront dix pour cent en sus des adjudications.

M. Paul Roblin, expert chargé de la vente, se réserve la faculté de rassembler ou de diviser les lots.

DÉSIGNATION

ADAM (V.).

1 — Costumes militaires. Quinze pièces coloriées.

2 — Costumes militaires. Dix pièces en noir.

3 — Suisse. Costumes modernes. Neuf pièces coloriées.

ADRESSES, ARMOIRIES

4 — *Hartley Greens and C^o^*. Fabrique de poteries de la Reine. In-fol.

5 — *Macret*, graveur et marchand d'estampes. Belle épreuve.

6 — Titre-frontispice in-8, orné de rinceaux, d'arabesques et d'amours tenant des guirlandes de roses. Très belle épreuve avant toute lettre.

7 — Frontispices et armoiries pour les statuts de l'Ordre de St-Michel. La Ville de Paris. Famille d'Orléans. Quatre pièces par Cochin, Duvivier et autres.

8 — Titres et frontispices in-8 pour des ouvrages à figures du XVIIIe siècle. Vingt-neuf pièces. Belles épreuves.

AFFICHES ILLUSTRÉES

9 — Le Palais de glace. — Quinquina Dubonnet. — Pastilles Poncelet. — Taverne Olympia. — Pippermint. Cinq pièces par Chéret.

10 — L'Andalousie au temps des Maures, par Zo.

ALIX (P. M.)

11 — Premier acte civil de la République d'Athènes, d'après Potain ; gr. in-fol. dédié à Bonaparte 1er Consul. Belle épreuve

AMEUBLEMENTS

12 — Photographies de mobiliers célèbres. Trente-cinq pièces.

ANONYME

13 — La Vertu récompensée. — Allégorie pour servir de frontispice au compte rendu au Roi. Deux pièces in-4 sur M. Necker. Belles épreuves.

AUBRY, BOREL (d'après)

14 — Le mariage conclu. — Le mariage rompu. Deux pièces faisant pendants, gravées par R. de Launay. Belles épreuves à toutes marges.

AUTOGRAPHES

15 — *Béranger*. Lettre autogr. signée, 3 p. 22 déc. 1838, à madame Perrotin.

16 — Rapports, comptes rendus, articles de journaux, etc., relatifs à la Commune et au Siège de Paris ; environ trente feuilles signées : colonel Brunel, Régère, Mousseron, Elisée Reclus, Dupont de Bussac, Troubat, E. Vaillant, Chassin, Jaclard, Oudet, H. Marel, Dr Rousselle, Humbert, Millière, Cluseret et Gaillard.

BARYE

17 — Ours du Mississipi. Belle épreuve sur papier de Chine, grandes marges.

18 — Lion de Perse. — Etude de chats. Deux lithographies. Belles épreuves, une est sur papier de Chine.

BELLANGÉ (H.)

19 — Scènes de la Révolution de 1830. — Sujets d'albums. Dix-huit lithographies la plupart sur papier de Chine.

BERTAUX (d'après)

20 — Le Charlatan français. — Le Charlatan allemand. Deux pièces faisant pendants, gravées par Helman. Belles épreuves, marges.

BOILLY (Louis)

21 — La Mauvaise nouvelle. — La Bonne nouvelle. — La Récompense. — La bonne aventure. — Réjouissances publiques (68). — Le petit mendiant (74). Six lithographies. Belles épreuves.

22 — Réjouissance publique. 1826. Lithog. in-fol.

BOILLY (d'après L.)

23 — L'Amusement de la Campagne, par S. Tresca. Belle épreuve à toutes marges.

24 — La Douce impression de l'Harmonie, par F.-J. Wolff. Très belle épreuve à toutes marges.

BOITES et BONBONNIÈRES (Dessus de)

25 — Sujets galants et mythologiques, par B. Picart. 60 pièces. Belles épreuves.

BONNET (à Paris, chez)

26 — Les Apprêts du bain. — La Dormeuse. Deux pièces faisant pendants. Belles épreuves en couleur.

BOREL (d'après Ant.)

27 — Suite de douze vignettes gravées à la manière de lavis pour un ouvrage du XVIIIe siècle. Epreuves à toutes marges.

28 — Vignettes pour les Œuvres de Berquin, Fielding. Romans de Laplace, etc. Vingt-neuf pièces, plusieurs avant la lettre ou à l'eau-forte pure.

BOUCHER (d'après Fr.)

29 — La Belle villageoise, par Soubeyran. Belle épreuve, grandes marges.

30 — La Corne-muse, par Huquier. Belle épreuve à toute marge.

31 — Le Pasteur galant, par A. Laurent. Belle épreuve à toutes marges.

BOUCHER, EISEN (d'après)

32 — Fleuron de titre et Estampes pour les Œuvres de Molière, 1734. Figures pour les Contes de Lafontaine, etc. Dix-neuf pièces. Belles épreuves.

BOURGEOIS (C.)

33 — Voyage Pittoresque à la Grande Chartreuse, suivi de quelques vues prises dans les environs de ce monastère. *A Paris, chez Delpech, s. d.*, in-fol. cart. (Vingt lithographies).

BOUTELIÉ, SANDOZ, SOMM

34 — *Beatrix d'Este.* — *La Bruyère.* Calendrier de 1881. Trois pièces. Belles épreuves.

CARICATURES

35 — La Ménagerie impériale. Suite de trente-une pièces coloriées. — La même collection en noir ; ensemble 62 p.

36 — La Ménagérie impériale. Suite de trente-deux pièces coloriées sur l'Empire et la Commune.

CARICATURES

37 — Le Pilori, 31 p. — Fleurs, fruits et légumes du jour, par Alf. Le Petit, 31 p. — Le Pilori des mouchards, par Pilotell, 2 nos. Ensemble 64 pièces.

CAROLUS-DURAN (d'après)

38 — Suite de cinq figures in-8 gravées à l'eau-forte pour Marie Tudor (?) Épreuves avant la lettre.

CATALOGUES DE VENTES

39 — Catalogues illustrés des collections Laurent-Richard, 1886. — Ernest Odiot 1889. — Marquis 1890. 3 vol. in-4.

40 — Description des objets d'arts du baron Denon, 1826. — Catalogue des objets d'arts qui composent la collection de M. Debruge-Duménil. 1849. — Catalogue des objets d'art et de curiosité exposés au Musée rétrospectif en 1865. 3 vol. in-8.

41 — Collections de Neuville, J. Fau, Maréchal Soult, P. Demidoff, Van Wadenoyen, Pourtalès, Faure, Fortuny, P. Tesse, Thomassin, etc. Treize broch. in-8.

42 — Catalogues de tableaux et objets d'arts des collections J. Paul, Roxard de la Salle, Lefrançois, De Bammeville, J. Jacquemart, Demmin, Parguez, Delacombe, A. Scharf, Guillaumet, M. Henry, Castellani, Hermann, Von Berthold, L. Gédon, E. Félix, etc. Ensemble vingt-cinq broch. de touts formats.

CHARLET

43 — Scènes et sujets militaires. — Planches d'albums, etc. Quatre-vingt-huit lithographies. Belles épreuves, plusieurs sur papier de Chine.

CHENU

44 — *Favart* (Mme), actrice, d'après Garand. In-8. Très belle épreuve avant la lettre, marges.

CHIFFLART (Nic.-Fr.)

45 — Scène de Tournoi, eau-forte in-4 en larg. Belle épreuve d'artiste, avant la lettre.

CHOFFARD (P.-P.), MOREAU LE JEUNE

46 — Vignettes et fleurons pour l'Histoire de la Maison de Bourbon. — Les Contes de Lafontaine. — Ovide. — L'Hydraulique naturelle, etc. Quatorze pièces la plupart en tirages hors texte.

COCHIN LE FILS (d'après C.-N.)

47 — La Bataille de Fontenoy, par P. Soubeyran ; in-8 en larg. Très belle épreuve en tirage hors texte.

48 — En-têtes et vignettes pour l'Iconologie, Le Médecin observateur, Les Pierres gravées, etc. Douze pièces avant la lettre ou en tirages à part.

COCHIN, MONSIAU (d'après)

49 — Figures, vignettes et frontispices pour les Œuvres de Rousseau, Sterne, Voltaire, Arioste, Etrennes lyriques, Le Tasse, Lucrèce, etc. Soixante-huit pièces in-8 et in-4. Belles épreuves, plusieurs sont avant la lettre ou à l'eau-forte pure.

COIFFURES

50 — Brochure in-8 sur le magasin de perruques du sieur Beaumont, 1762, avec planches.

COROT (C.)

51 — L'Etang de Ville-d'Avray (H. B. 3), 3e état. — Souvenirs d'Italie (5). 3e état. Deux pièces.

COSTUMES

52 — Costumes français, principalement des princes et princesses de la famille royale, dessinés et gravés par B. Picart. *A Paris, chez Mariette.* Trente-deux pièces in-12.

53 — Costumes français et étrangers. — Cris de Paris. — Etudes de têtes et de mains. Trente-deux pièces in-12 dessinées par B. Picart. Belles épreuves.

54 — Costumes militaires français. Vingt-neuf gravures coloriées et aquarelles.

COURBET (G.)

55 — L'apôtre Jean Journet partant pour la conquête de l'harmonie universelle. Lithographie in-4, rare.

DEBELLE (d'après A.)

56 — Album d'Uriage. Suite de douze vues in-4 lithog. par Deroy, en album.

DEBON

57 — Les Femmes. — Le Vin. Deux lithographies in-4 en larg. 1831. Belles épreuves, une est sur papier de Chine.

DEBUCOURT (P.-L.)

58 — L'Invocation à l'amour Héro et Léandre, (M. Fenaille, 127). Belle épreuve imprimée en couleur, marges.

59 — Vent devant (312). Belle épreuve.

60 — La main chaude, in-fol, à la manière noire (522). Belle épreuve.

DECAMPS (par ou d'après)

61 — Son portrait, par Masson. — Vues d'Orient. — Feuilles de croquis et sujets variés. — Une patrouille à Smyrne, etc. Quinze lithographies. Belles épreuves.

DELACROIX (Eugène)

62 — Hamlet. Treize sujets dessinés par Eugène Delacroix. *A Paris, chez Gihaut frères, éditeurs* (76-88). Belles épreuves sur blanc du tirage originaire dans la couverture de publication. (Tirage à 60 exempl.).

DEMARTEAU (G.)

63 — Jeune fille penchée en avant, tenant d'une main une rose et prenant de l'autre un panier de fleurs à terre, d'après Boucher (101). Belle épreuve à la sanguine, marges.

64 — Portrait de Rubens à l'âge de 30 ans, d'après Watteau (340). Belle épreuve aux crayons de couleur.

DESCOURTIS

65 — Vues remarquables des montagnes de la Suisse, dessinées et coloriées d'après nature avec leur description. *A Amsterdam, chez J. Untema*, 1785. Quarante planches imprimées en couleurs d'après Rosenberg, Wolff et autres, à toutes marges, avec texte explicatif. On y a joint le frontispice à la sanguine et une aquarelle représentant Guillaume Tell, en pied.

66 — Cinq planches doubles. Belles épreuves en couleur, marges.

DESRAIS, DUCLOS (d'après)

67 — Figures pour Les Confessions du Cte de.... Comédies et pièces de Théâtre, etc. Neuf pièces. Deux sont avant la lettre.

DESSINS

68 — **Cham.** Caricatures politiques, militaires et humoristiques. Quarante-huit croquis à la plume.

69 — **Cicéri.** Paysage avec cours d'eau. Aquarelle encadrée.

70 — **Ecole ancienne.** Etudes, croquis et sujets religieux. Seize dessins.

71 — **Ecole Française.** Portrait de femme, ovale.

72 — **Ecole Italienne XVIIe siècle.** Guerrier blessé. Sanguine, cadre en bois sculpté.

73 — **Hegmuller.** Paysage, encre de Chine. Signé et daté 1778, encadré.

74 — **Hervier, Ciceri,** etc. Paysages. — Marines. — Etudes. Vingt dessins et deux albums.

75 — **Le Barbier.** Costumes de Polinice, de Roland, de Sémiramis, etc. Quatre aquarelles. On y a joint trois sujets gravés et imprimés en couleur d'après les originaux.

76 — **Le Roux** (Hector). Un gradin à l'amphithéâtre. A la plume. Signé : *Hector Le Roux.*

77 — **Van-Daël** (attribué à). Corbeille de fleurs. Plume et aquarelle. Cadre en palissandre.

DIVERS

78 — Gravures, Dessins et Lithographies, par ou d'après Vernet, Delacroix, Greuze, Boucher et autres. Neuf pièces.

79 — Lithographies et Costumes par H. Monnier, Gavarni, etc. Gazette du Vieux Paris. Vingt pièces en noir et coloriées.

80 — Vignettes anciennes et modernes pour l'Arioste, Béranger, etc. Plusieurs épreuves sont avant la lettre ou à l'eau-forte pure. Quinze pièces.

DREVET (P.-J.)

81 — *Tressan* (L. de la Vergne de), archevêque de Rouen, in-8. Belle épreuve avant la lettre.

EAUX-FORTES MODERNES

82 — Eaux-fortes, lithographies et clichés-glace par Dupré, Rousseau, Brunet-Debaisnes, Jacque, Ed. Frère, Taiée, Jongkind, Giraud, etc. Cinquante-trois pièces.

EAUX-FORTES MODERNES

83 — Paysages, menus, animaux, études, etc., par Detaille, St-Marcel, Lalauze, Duplessis-Bertaux, Queroy, Desbrosses, Ed. Yon, Feyen-Perrin, Martial, Brunet-Debaisnes, Cuisinier, Roybet, etc. Trente-huit pièces, la plupart avant la lettre sur papier du Japon.

ÉCOLE ANGLAISE

84 — Sujets d'histoire. Deux pièces rondes faisant pendants. Épreuves imprimées en couleur, doublées.

EISEN (Charles)

85 — La Fontaine des Trois Grâces. Belle épreuve.

EISEN (d'après Charles)

86 — En-têtes. — Vignettes et fleurons pour les *Odes* d'Anacréon. — Les Œuvres de Dorat, Baculard d'Arnaud, Marmontel, etc. Quarante-huit pièces. Plusieurs sont en tirage hors texte ou avant la lettre.

EQUITATION

87 — Description du Manège moderne dans sa perfection par le baron d'Eisenberg. Titre et cinquante-cinq planches gravées par B. Picart, 1727. Belles épreuves à toutes marges.

ESTAMPES MODERNES

88 — La paie des moissonneurs, par Lhermitte. — Les Joueurs de cartes, par Bail. — L'Inspiration, d'après Fragonard. — La Révolte de Pavie, par Boutigny. Quatre pièces.

FICQUET. SAVART

89 — *Eisen* (Ch.). — *Lafontaine*. Des Contes. — *Lafontaine*. Des Fables. — *Voltaire*. — *La Bruyère*. Cinq portraits in-8.

FRAGONARD (d'après H.)

90 — Les Baignets, par N. de Launay. Belle épreuve à toutes marges.

91 — La Nature, gravé au pointillé par J.-B. Gerrard. Belle épreuve avant toutes lettres, marges.

92 — La Nouvelle du retour, par Ruotte. Belle épreuve à toutes marges.

93 — ... Spirat abdue amor ; gravé par le comte de Paroy. Très belle épreuve en bistre, rare.

FRAGONARD (d'après H.)

94 — Suite de vingt figures in-4 pour les *Contes de Lafontaine*. Edition Didot, 1795. Belles épreuves à grandes marges.

95 — Dix planches de la collection précédente. Belles épreuves à grandes marges.

96 — Joconde, 2 pl. — Le Mari cocu. — Le Paysan qui a offensé son Seigneur. — La Gageure des trois commères. — Le Gascon puni. — La Fiancée du Roi de Garbe. — Belphégor. — Le Baiser rendu. Neuf pièces in-4 pour les *Contes de Lafontaine*. Ed. Didot, 1795. Belles épreuves avant les n^{os}, grandes marges.

97 — Le Cocu battu et content, figure avec les grands personnages et le lustre à trois branches. Belle épreuve à l'eau-forte pure, à toutes marges.

98 — Suite de vingt-deux figures in-12 gravées par T. de Mare, pour *les Contes* de Lafontaine. *Paris*, *Conquet*, 1881. Epreuves du 3e état avant la lettre, imprimées en bistre sur papier du Japon.

FREUDENBERG (d'après S.)

99 — Le Gage de la Fidélité, par Voyez le Jeune et Mercier. Belle épreuve, grandes marges.

FROMENTIN (d'après Eugène)

100 — Vingt-cinq dessins de Eugène Fromentin reproduits à l'eau-forte par E. L. Montefiore. Texte biographique et critique par Ph. Burty, avec fac-simile d'après les croquis du maître. *Paris*, *Londres*, 1877, in-fol. en feuilles dans le cartonnage de publication.

GAVARNI

101 — Thomas Vireloque. — La Lanterne magique. — La loge d'avant-scène. — Les apprêts pour le bal. — Les feuilles littéraires, etc. Onze lithographies. Très belles épreuves, cinq sont avant la lettre.

GAVARNI (d'après)

102 — Suite de vingt figures in-8 pour Gil Blas. Ed. Morizot. Epreuves sur papier de Chine.

GÉRICAULT (Th.)

103 — Suite de douze petites pièces publiées chez Gihaut (Ch. Clément 47-58). Très belles épreuves du 1er état sur papier de Chine. (Les nos 48 et 49 sont en double sur papier blanc). Ensemble quatorze pièces.

104 — Suite de huit petites pièces publiées par Gihaut (59-66). — Suite de sept petites pièces publiées par Gihaut (67-73). Cinq planches sont doubles en différents états. Ensemble vingt pièces.

GERMAIN (L.)

105 — Jeune femme assise et brodant. — Feuille de Griffonis. Deux pièces à l'eau-forte, rares.

GILLOT (C.)

105 *bis* — La Naissance. L'Education. Le Mariage. Les Obsèques. Suite de quatre pièces. — Les Passions humaines exprimées par des satyres. Suite de quatre pièces. Belles épreuves à toutes marges. On y a joint deux pl. doubles. Ensemble dix pièces.

GONCOURT (J. de)

106 — Le Taureau, d'après H. Fragonard (H. B. 25), épreuve en bistre.

GRANDVILLE (J.-J.)

107 — Les Métamorphoses du jour. — La Métempsycose réalisée, etc. Vingt lithographies coloriées. Belles épreuves à toutes marges.

GRAVELOT (Hubert)

108 — Que veut dire cette Lyre !... Pièce satyrique sur Fréron, in-8. Rare.

GRAVELOT (d'après H.)

109 — Vignettes pour les Contes de Boccace. Malfilâtre. La Jérusalem délivrée. La partie de chasse de Henri IV. Etc. Trente-neuf pièces. Plusieurs avant la lettre ou en tirages hors texte.

110 — Vignettes in-4 pour les Œuvres de Voltaire. Trente pièces. Belles épreuves.

GREUZE (d'après J.-B.)

111 — L'Occupation, gravé à la manière noire, par J. E. Haïd. Belle épreuve.

HENRIQUEL-DUPONT

112 — Le Relancé du Sanglier, d'après Jadin (H. B. 60). — Michel-Ange donnant ses soins à son domestique malade, d'après Robert Fleury (63). Deux pièces, une est avant la lettre.

113 — Mirabeau à la tribune, d'après Paul Delaroche, in-4 (H. B. 77). Belle épreuve d'artiste avec les noms à la pointe.

JEAURAT (d'après)

114 — L'Exemple des mères, par Lucas. Bonne épreuve.

KŒPPING (Carl)

115 — Froufrou, d'après Clairin, in-fol. 1883 (H. B. 17). Très belle épreuve d'artiste sur papier du Japon.

LAFOSSE, LALAUZE (Ad.)

116 — *Janin* (Jules). Lithographie in-4. — *Molière*, in-8, eau-forte. Dix-neuf épreuves avant la lettre ou sur papier de Chine.

LALANNE (Maxime)

117 — Souvenirs artistiques du Siège de Paris, 1870-1871. Suite de douze eaux-fortes (H. B. 70-83). Belles épreuves dans la couverture de publication.

LAMOUR (J.)

118 — Recueil des ouvrages en serrurerie que Stanislas, roi de Pologne a fait poser sur la place Royale de Nancy, composé et exécuté par Lamour... Titre et dédicace. 5 feuilles de texte et 21 planches dont plusieurs se replient, gravées par Collins et Nicole.

LANGLOIS (P. G.)

119 — *Chatelet* (Mme du). — *Frédéric II.* — *Pierre le Grand.* — *Vertot* (L'abbé de). — *Voltaire.* Huit portraits in-8 et in-4. Belles épreuves. Quatre sont avant la lettre

LAVREINCE (Ecole de N.)

120 — A l'ombre d'un bosquet et assis sur un banc, un amoureux cherche à retenir une jeune femme tenant à la main un bouquet de roses. Epreuve au trait. Très rare.

LE BARBIER (d'après)

121 — Figures, vignettes et culs-de-lampe pour Gessner, Arsace et Isménie, Le Roman comique. Médailles, etc. Vingt-six pièces dont plusieurs avant la lettre ou à l'eau-forte pure.

LE BEAU, DE MARE, NANTEUIL (C.)

122 — *Du Barry* (Mme la Comtesse) d'après Marilly. — *Gaillard*, graveur. — Frontispice pour la *Revue des Peintres*. Trois pièces. Belles épreuves.

LEENHOFF (F.). LEFÈVRE (A.)

123 — La Fuite en Egypte d'après Rubens. — Antiope d'après le Corrège (H. B. 14). Deux pièces avant la lettre sur papier de Chine.

LEFÈVRE (d'après)

124 — Vignettes in-18 pour *Ollivier*. — *Zélomir*. — *Primerose*. — *Les Aventures de Télémaque*. Vingt pièces avant la lettre ou à l'eau-forte pure.

LEMUD (d'après)

125 — Titre-frontispice gravé par Garnier pour *Notre-Dame de Paris*. Ed. Perrotin, 1844. Epreuve à l'eau-forte pure, rare.

LEPAGE (J. Bastien)

126 — Un cavalier, petite eau-forte signée J. Bastien Lepage (77) (non décrit). Très belle épreuve.

LEPIC (Le Comte)

127 — Feuille de croquis — Jupiter. — Carte de J. de Nittis. Invitation pour une fête costumée, chez Mme Jeanne Andrée, 11 mars 1875. — Moulin à vent. Six pièces, plusieurs en épreuves d'artistes.

LITHOGRAPHIES

128 — Seize pièces par Johannot, J. Dupré, Corot, Bonington, Eug. Lami, Géricault, Th. Rousseau et autres. Belles épreuves.

129 — Cinquante pièces par ou d'après Mouilleron, Tassaert, Français, Johannot, Vernet, Fromentin, Frère, Millet, Jadin, Delaroche, Lemud, L. Robert, Dauzats, Stevens, Th. Fragonard, Fauvelet, Courbet, etc. Belles épreuves, la plupart avant la lettre.

LOUIS XVI (Pièces sur)

130 — *Louis XVI, —Marie-Antoinette.* Deux petits portraits en médaillons gravés par Benoist le jeune. Très belles épreuves à toutes marges.

131 — La famille Royale. Trois profils sur une pyramide tronquée, gravé par Ruotte d'après Sauvage. Belle épreuve.

132 — Suite de douze vignettes in-18 pour un Almanach relatif à la naissance du Dauphin (Louis XVII), attribuées à Queverdo. Très belles épreuves tirées sur la même feuille. Rare.

133 — Deux vignettes têtes de pages, avec portraits de Louis XV, du Dauphin et de la Dauphine, publiés dans l'ouvrage : Description des fêtes et spectacles donnés à Versailles à l'occasion du mariage de Monseigneur le Dauphin (Louis XVI). Très belles épreuves en tirages à part, rare.

MARCENAY DE GUY (A. de)

134 — *Jeanne d'Arc*, in-8. Belle épreuve.

135 — *Bayard. — Charles V. — Charles VII. — Henri IV. - L'Hospital. — Paoli* (G[l]). — *Sage* (B.). — *Sully.* Treize portraits in-8. Belles épreuves. Plusieurs sont avant la lettre.

MARK

136 — Cléopatre qui montre à Auguste le buste de Jules César, d'après P. Battoni. Belle épreuve.

MARILLIER (d'après C. P.)

137 — Frontispices, titres, figures et vignettes pour les Œuvres de Dorat, Baculard d'Arnaud, Pope, Berquin, Rousseau, etc. Quatre-vingt-dix pièces. Plusieurs sont avant la lettre.

138 — Vignettes pour les Œuvres de Lesage, Le cabinet des fées, Les voyages imaginaires, etc. Quarante-deux pièces. Plusieurs sont avant les numéros.

139 — Vignettes pour les Œuvres de l'abbé Prévost, Le cabinet des fées. Les voyages imaginaires, etc. Douze pièces à l'eau-forte pure.

MARTIAL-POTÉMONT (A.)

140 — Paris pendant le siège, 12 p — Paris sous la Commune, 13 p. — Paris incendié, 12 p. Ensemble trente-sept pièces à toutes marges dans les couvertures de publication.

MASSARD (L.), MAUROU (P.)

141 — Jeune veuve, d'après J.-B. Greuze. — *Thiers* (M.) d'après Bonnat (H. B. 4). — La Tentation de Saint Hilarion d'après Bourgonnier. Trois pièces, épreuves d'artistes avant la lettre.

MERCURI (Paolo)

142 - *Maintenon* (Mme de). Petit médaillon d'après Petitot, 1847. Superbe épreuve d'artiste du 1er état avant toute lettre et avant l'encadrement.

143 — — Le même portrait. Superbe épreuve d'artiste du 1er état sur papier de Chine avant toute lettre et avant l'encadrement. Envoi autographe signé : à Calamatta.

MONNET, MOREAU LE JEUNE (d'après)

144 — Vignettes pour les Œuvres de Bernardin de St-Pierre, Dorat, Raynal, Métastase, Rousseau, Hamilton, Voltaire, etc. Quarante-cinq pièces. Plusieurs sont avant la lettre.

MONNIER (Henri)

145 — Onze lithographies in-4 pour les *Chansons de Béranger*. Belles épreuves coloriées, rare.

146 — Six lithographies in-4 de la même collection. Epreuves en noir à toutes marges.

147 — Trente-cinq figures in-12 pour les *Chansons de Béranger*. Ed. Baudouin 1825. Epreuves du 1er coloris, marges.

148 — Huit planches doubles, épreuves coloriées.

149 — Quinze lithographies in 8 coloriées pour les *Chansons galantes* de Béranger. Suite complémentaire de l'édition Baudouin, 1828. (Tirage postérieur).

MONNIER (Henri)

150 — Boutiques de Paris. Suite de six lithographies in-4 en larg. Epreuves en noir, grandes marges.

151 — Galerie théâtrale. Sept lithographies in-4 en noir et coloriées, grandes marges.

152 — Les Grisettes. *Paris, Giraldon-Bovinet*, 1827. Cinq pièces coloriées (nos 2, 6, 7, 9, 10) à toutes marges, dans la couverture de publication.

153 — Les Grisettes. — Les Petites Misères humaines. Neuf lithographies in-4 en noir, grandes marges.

154 — Jadis et Aujourd'hui Treize lithographies in-4 en noir, grandes marges.

155 — Passe-temps. — Scènes de jour. — Les Pêchés capitaux. Dix lithographies in-4 en noir, Grandes marges.

156 — Les Quartiers de Paris. — Récréations. — Esquisses parisiennes. — Galerie contemporaine. -- Sujets variés. Treize lithographies in-4. Grandes marges.

157 — Vues de Paris. — Les Mœurs administratives. Treize lithographies in-4 en noir. Grandes marges.

158 — Vingt lithographies in-8 pour les *Chansons galantes* de Béranger. Epreuves en noir. (On y a joint deux épreuves coloriées du Commis-voyageur à table d'hôte).

MONNIER (H.) et Eug. LAMI

159 — Voyage en Angleterre. Suite de vingt huit lithographies in 4 coloriées, dans les couvertures de livraisons. Exemplaire avec marges inégales. Le n° 18 (Arrestation par les constables) manque, et les nos 15, 27 et 28 sont en noir. On y a joint huit planches doubles et sujets de Londres. Epreuves en noir et coloriées. Ensemble 35 p.

MONSIAU (d'après)

160 — Suite de six figures in-18 pour le *Voyage sentimental* Ed. Conquet. Epreuves à l'eau-forte pure sur Hollande.

MOREAU LE JEUNE (J. M.)

161 — *La Borde* (J. B. de), 1er valet de chambre ordinaire du Roi ; in-4, d'après Denon. Très belle épreuve, marges.

162 – Feuille de douze croquis. Etudes de têtes, de mains et de pieds, d'après Greuze. Très rare.

MOREAU LE JEUNE (J. M.)

163 — La Malédiction paternelle ; tableau de M. Greuze, gravé de mémoire 1777, in-12. Belle épreuve.

164 — Les Amours de Glicère et d'Alexis; in-8, avant la lettre, publiée dans le *Dictionnaire des graveurs* par Basan.

165 — Fleurons et vignettes pour l'*Abrégé chronologique de l'Histoire de France*. Figures de l'histoire de France par l'abbé Garnier. Douze pièces avant la lettre.

166 — Titres et frontispices pour *les Historiettes* de Imbert. Les Hautponnois. Les à-propos de la folie. Les Grâces, etc. Vingt pièces in-12 et in-8.

MOREAU LE JEUNE (d'après J. M.)

167 — *Hue de Miromesnil*, in-8 en larg., par N. Le Mire. Très belle épreuve avant la lettre à toutes marges.

168 — A un peuple libre, in-4 par Dambrun. Belle épreuve du 4e état avec le buste de Bonaparte remplaçant celui de Louis XVI, marges.

169 — Déclaration de la grossesse. — Les Précautions. — — J'en accepte l'heureux présage. — N'ayez pas peur ma bonne amie. — C'est un fils, monsieur. — Les Petits parrains. — Les délices de la maternité. — L'accord parfait. — Le Rendez-vous pour Marly. — Les Adieux. — La Rencontre du Bois de Boulogne. — La dame du Palais de la Reine. Suite de douze pièces. Très belles épreuves, petites marges.

170 — Les Adieux. — La Sortie de l'Opéra. Deux pièces, sans marges.

171 — La Grande Toilette, par Romanet. Belle épreuve, petites marges.

172 — La Course de chevaux. – Le Seigneur chez son fermier. Deux pièces par Delignon et Guttemberg. Epreuves à toutes marges.

173 — Onze pièces du Monument du Costume, tirage de Willem, épreuves sur papier de Chine avant la lettre.

174 — L'Amour enchaîné par les Grâces, par Deny, in-4. Belle épreuve.

175 — *Ah ! laisse-moi, et sauve Telasco*, gravé par de Launay pour les *Incas*. Epreuve à l'eau-forte pure, rare.

MOREAU LE JEUNE (d'après J. M.)

176 — Figures in-8 pour les *Œuvres de Lafontaine*, 1822. Epreuves avant la lettre et à l'eau-forte pure. Vingt-neuf pièces.

177 — Figures pour les *Œuvres* de Rousseau, in-4, 1774. Huit pièces. Belles épreuves, cinq sont avant les n^os^

178 — Vignettes pour les *Œuvres* de Lafontaine, Gœthe, Molière, Voltaire, Corneille, Gresset, Arioste, Métastase, Demoustier, Musée Filhol, etc. Quarante pièces avant la lettre ou à l'eau-forte pure.

MOREAU, LE BARBIER, LE BOUTEUX (d'après)

179 — Vignettes in-8 pour les *Chansons de Laborde*. Vingt-huit pièces. Belles épreuves. Plusieurs sont avant les n^os^.

NÉE

180 — *La Borde* (J.-B. de), auteur des Chansons. — *Zurlauben* (B^on^ de). Trois portraits. Deux sont avant la lettre.

181 — La chambre du cœur de Voltaire, d'après Duché. Très belle épreuve avant la lettre, à toutes marges.

NAPOLÉON (Pièces sur)

182 — Grand Dieu c'est lui !!. *A Paris*, chez Dopter. Belle épreuve.

183 — *Bonaparte*. — *Napoléon Ier*. — *Marie-Louise*. — *Hortense* (Reine). — *Récamier* (Mme). — *Thiers*, etc. — Onze portraits in-8 et in-4, par Vallot, Goutière, Pannier, etc. Epreuves d'artistes ou avant la lettre.

NAUDET

184 — Le Républicain *Desessarts*, acteur ; in-8 à l'eau-forte, rare.

PARIS (Pièces sur)

185 — Vues diverses, par Janinet, Martial, Niel, Taiée, Trimolet et autres. Quarante-huit pièces.

186 — Vues diverses, anciennes et modernes. Cinquante-trois pièces.

187 — Souvenirs de Paris. Recueil de vingt-huit lithographies coloriées par Arnouet et De la Tremblaye ; in-4 obl., cart.

PARIS (Pièces sur)

187 *bis* — Vues de Paris. Eaux-fortes, lithographies, gravures. Environ deux cents pièces de divers formats. (Deux lots).

PAROY (Le Comte de)

188 — Portrait de la fille de Madame Vigée-Lebrun; petite gravure au pointillé, imprimée en bistre. Belle épreuve avant la lettre.

189 — Portrait et petits sujets pour les *Fables* de Lafontaine. Composition ronde pour guéridon. 1789, in-fol.

PERDRIAUX

190 — Le double baiser, d'après Ostade. Gravure à la manière noire, marges.

PICARD (Bernard)

191 — Partie de son Œuvre, composée de 1060 pièces de tous formats. Frontispices. Allégories. Sujets historiques. Portraits. Histoire des Religions. Vignettes. Titres. Etudes de lions. Armoiries, etc., etc. (Quelques doubles).

PONCE (N.)

192 — Assemblé nationale. — Fédération des Français. Deux pièces d'après Borel et Meunier. Belles épreuves.

PORTRAITS

193 — Femmes illustres. Savants. Hommes d'Etats. Généraux. Souverains. etc. Trente-six portraits in-8 par de Marcenay, St-Aubin, Claessens, Adam, De Launay, Mansfeld, Roger et autres. Belles épreuves, plusieurs sont avant la lettre.

194 — Littérateurs. Ecrivains. Poètes anciens et modernes. Trente-quatre portraits de divers formats, plusieurs sont avant la lettre ou à l'eau-forte pure.

195 — Peintres, Dessinateurs, Graveurs et Sculpteurs. Vingt-six portraits publiés par Odieuvre.

196 — *Raucourt* (Mlle), actrice, par Leguay. 33 épreuves. — *Courrier* (P. L.), in-8. Dix épreuves.

PRUD'HON (P.-P.)

197 — Une famille malheureuse. Lithographie originale. Belle épreuve.

PRUD'HON (d'après P.-P.)

198 — Bonaparte, 1er Consul de la République. — Empire français. Deux pièces pour en-têtes, gravées par B. Roger. Belles épreuves, une est sur parchemin.

199 — Abrocome et Anzia, in-12 par B. Roger. Très belle épreuve avant la lettre et avec les noms d'artistes tracés à la pointe, toute marge.

200 — Daphnis et Chloé, in-12, par B. Roger. Deux épreuves, marges.

201 — Sylvie et le Satyre, in-12, par B. Roger. Deux épreuves dont une avant la lettre, toute marge.

202 — La Grotte, in-8 par B. Roger. Deux épreuves dont une avec la tablette et les noms d'artistes gravés à la pointe.

203 — Stellina introduisant Edouard dans la grotte de l'Hospitalité, in-8 par B. Roger. Deux épreuves dont une avec la tablette et avant toute lettre.

204 — Le Chevrier. — La Cigale. — Le Bain. Trois pièces in-4 gravées par B. Roger pour *Daphnis et Chloé*. Edit. Didot. Très belles épreuves avant la lettre à toutes marges.

205 — Naufrage de Virginie, in-4 par B. Roger. Deux épreuves à toutes marges dont une avant la lettre.

206 — Le portement de croix. — L'Enlèvement d'Europe. — Zéphire. — La Nouvelle Héloïse. — Phrosine et Melidor, etc. Vingt pièces in-8 par Roger et Copia.

QUEVERDO (d'après)

207 — L'Hiver (Scène de patinage), in-4 en haut. Belle épreuve à l'eau-forte pure. Marges.

208 — Titre et vignettes pour des almanachs. Estelle, etc. Quinze pièces dont plusieurs avant la lettre ou à l'eau-forte pure.

REDON (Odilon)

209 — A Gustave Flaubert. Six dessins pour la Tentation de Saint Antoine. Lithographies originales, dans la couverture de publication.

210 — Les Fleurs du mal, de Charles Baudelaire. Couverture et huit planches originales.

REDON (Odilon)

211 — Songes. Suite de six lithographies originales dans la couverture de publication.

212 — La Tentation de St-Antoine, de Flaubert. Couverture et dix planches originales.

213 — Entretien mystique. — Sainte et Chardon. — Druidesse. — Tête en rond (profil). — Liseur. — Femme hantée de monstres. — Lumière. — Pégase captif. Huit lithographies originales. Belles épreuves.

214 — La Mort à cheval. — Serpent auréole. — Bouddha. — Oannès. — Tête de dos. — Yeux clos. — Arbre. — Plaine mamelonneuse. Huit lithographies originales. Belles épreuves.

RÉVOLUTION (Pièces sur la)

215 — *Quinette*, in-4 par Niger. Deux épreuves dont une avant l'adresse.

216 — *Mérard Saint-Just*. Deux portraits in-18 par Le Beau et Superchy. Belles épreuves.

SAVART (P.).

217 — *Alembert* (J. d'.) — *Bayle*. — *Boileau*. — *Buffon*. — *Colbert*. — *Condé* (Prince de). — *Fénelon*. — *Louis-le-Grand*. — *Racine*. — *Tasse* (Le). Treize portraits in-8.

218 — *Tasso* (Torquato) in-8. Vingt épreuves anciennes avant l'adresse. Marges.

SERGENT

219 — *Bossuet* (J. B.). — Bossuet consolant les villageois de son siècle. — *Lowendal* (W. de). — *Philippe IV*. — Bataille de Fontenoy. — *Trouville*. — *Villiers de l'Isle Adam*. Sept pièces en couleur. Belles épreuves.

SMITH (J. R.)

220 — *Montagu* (Edw. Wortley), esq. In his dress. to an Arabian Prince. In-fol. à la manière noire d'après W. Peters. Epreuve avec la lettre grise (doublée).

TAIÉE (A.).

221 — Petites vues de Paris et des environs. Suite de douze eaux-fortes. Epreuves sur japon.

TUDOT (d'après Edmond)

222 — Album historique de Tronçais, Commentry, Montluçon, Néris et Montassiégé. *Paris, Claye*, 1856, in-fol. Texte et 20 lithogr. (tiré à 100 exempl.).

VEYRASSAT (J.).

223 — Eaux-fortes, 1866. Cahier de treize petites pièces (H. B. 38-50) Belles épreuves du 1er tirage avec l'adresse de Salmon. In-4 obl. cart.

VIGNETTES

224 — *Beaumarchais*. Suite de cinq figures in-8 de Saint-Quentin, gravées par Malapeau, Halbou, Liénart, pour la *Folle Journée*, 1785. Belles épreuves.

225 - *Beaumarchais*. Portraits d'acteurs et d'actrices pour illustrer la *Folle Journée* : Mlle Ollivier, Mlle Contat, Molé, La Rochelle, Albouy-Dazincourt, Préville, Cossard, Baptiste aîné, Beaumarchais, etc. Quinze pièces. Plusieurs sont avant la lettre.

226 — *Béranger*. Premières Chansons. Suite de un portrait par Dutillois et cent figures in-18 par Johannot, Raffet et autres pour l'édition Perrotin, 1834. Epreuves sur papier de Chine. Marges in-8.

227 — *Béranger*. Trente planches doubles de la collection précédente. Epreuves avant la lettre sur chine et sur blanc.

228 — *Béranger*. Premières chansons. Suite de cent vingt figures in-8 par Grandville. *Ed. Fournier 1836*. Epreuves sur papier de Chine.

229 — *Béranger*. Chansons politiques Suite de dix lithographies in-4 en larg., coloriées. *De l'imprimerie de Tencé frères, éditeurs, rue de Schaerbeck, à Bruxelles*. Belles épreuves, petites marges.

230 — Deux planches doubles, épreuves coloriées avec chanson au bas, grandes marges.

231 — *Béranger*. Chansons politiques. Suite de dix vignettes in-18, réduction des précédentes. Epreuves en double état noires et coloriées. (Manque la planche coloriée pour les Révérends Pères). Ensemble dix-neuf pièces

232 - *Béranger*. Premières chansons. Portraits, frontispice et figures d'après Lemud et autres pour l'Edition Perrotin 1847. Rares épreuves d'artistes avant la lettre ou à l'eau-forte pure. Vingt-trois pièces.

VIGNETTES

233 — *Béranger*. Vingt-quatre portraits différents in-12 et in-8. Plusieurs sont rares.

234 — *Fenouillot de Falbaire*. Suite de cinq figures in-8 de Gravelot pour le *Fabricant de Londres*, 1771. Epreuves à toutes marges.

235 — *Lafontaine*. Suite de vingt-deux figures in-12, gravées T. de Mare d'après Fragonard pour *les Contes. Paris, Conquet*, 1881. Epreuves du 1er état à l'eau-forte pure sur papier du Japon.

236 — La même collection. Epreuves avant la lettre du 3e état sur papier de Hollande.

237 — *Laharpe*. Suite complète de un titre frontispice et quatre figures in-18 de Marillier pour *Tangu et Félime*.. Epreuves à toutes marges.

238 — *Ovide*. Suite de vingt-cinq en-têtes et fleurons et cent quatorze figures in-8 pour les Métamorphoses. *Ed. Banier*, 1770, tomes I, II et III Belles épreuves.

239 — En-têtes et figures pour les Œuvres de Lafontaine, Racine, Du Rosoi, Arioste, Heptaméron, etc. Trente-huit pièces par Duplessis-Bertaux, Marillier, Martini, Monnet, Borel, Gillot et autres. Epreuves avant la lettre ou à l'eau-forte pure.

240 — Vignettes anciennes et modernes. Frontispices, titres, par Gillot, de Sève, B. Picart, Moreau, Brion de la Tour, Gravelot, Martini, Grandville, Girardet, etc. Environ cent pièces, plusieurs sont avant la lettre ou à l'eau-forte pure.

WATELET

241 — En-têtes, vignettes et fleurons d'après Pierre, pour différents ouvrages du XVIIIe siècle. Vingt-huit pièces en tirages à part.

WATTEAU (d'après Ant.)

242 — Le Rendez-vous, par B. Audran. Belle épreuve.

243 — Livre de différents caractères de têtes inventés par M. Watteaux et gravez d'après ses desseins par Filloeul, 1752. Titre et quinze planches gr. in-8. Belles épreuves.

GRANDE IMPRIMERIE DU CENTRE. HERBIN, MONTLUÇON

RED. :

20

MIRE ISO N° 1
NF Z 43-007
AFNOR
Cedex 7 - 92080 PARIS-LA-DEFENSE

graphicom

0 1 2 3 4 5 6 7 8 9 10

www.ingramcontent.com/pod-product-compliance
Ingram Content Group UK Ltd.
Pitfield, Milton Keynes, MK11 3LW, UK
UKHW021118290826
14628UKWH00014B/2846

9 782329 308005